한국 희곡 명작선 39

불편한 너와의 사정거리

한국 희곡 명작선 39

불편한 너와의 사정거리

정범철

평민사

불편한 너와의 사정거리

정범철

등장인물

차명호 - 50대 남. 67년생. 총으로 세 명을 쐈다는 남자.
김판식 - 50대 남. 67년생. 명호의 대학 동기.
노혜자 - 70대 여. 명호의 고등학교 선생.
구동만 - 50대 남. 군복무 시절 명호를 괴롭혔던 고참.
심미화 - 50대 여. 명호가 제작한 영화를 혹평했던 영화평론가.
이지숙 - 40대 여. 명호의 아내.

때

현재

곳

대한민국, 서울

1장

어둠 속에서 울려 퍼지는 세 발의 총성. 탕! 탕! 탕!

이어지는 침묵. 그 침묵을 깨고 어디선가 들리는 명호의 음성.

"어디서부터 잘못된 걸까?"

누군가 세게 문을 두드리는 소리 들린다.

차명호 (소리) 판식아! 야! 김판식!

김판식 (소리) 알았어! 잠깐만!

차명호 (소리) 김판식!

무대 밝아진다. 늦은 새벽. 판식의 원룸 오피스텔. 판식이 간편한 반팔, 반바지 차림으로 급히 방에서 나와 문을 열어준다. 한 손에 가방을 든 남루한 양복차림의 차명호가 서 있다.

김판식 야! 너 이 자식! 들어와.

명호를 잡아 안으로 끌어당기는 판식.

김판식 어우, 술 냄새. 너 그동안 어디 있었어? 지숙이가 나한테 몇 번이나 전화 왔어. 너 연락도 안 되고 핸드폰도 꺼져 있다고…….

명호, 비틀거리며 들어와 소파에 털썩 앉는다.

차명호 물 좀 주라.

김판식 물? 그래.

판식, 냉장고에서 페트병 물을 꺼내 건넨다. 받아들고 벌컥벌컥 마시는 차명호.

김판식 그동안 어디서 뭐했어? 출근도 안했다며? 내 문자 확인 했어? 난 너 무슨 사고라도 난 줄 알고…… 내가 지숙이한테 전화해줘야겠다. 너 찾았다고. 아냐, 네가 할래? 아니다. 당장 니네 집으로 가자.

차명호 전화했어. 여기 들어오기 전에.

김판식 그래? 뭐래?

차명호 꺼져있던데?

김판식 자나보네. 너 찾는다고 여기저기 다 연락하고 얼마나 걱정했다고. 피곤할 만하지. 아무튼 내일까지 연락 없으면 경찰에 신고한다고 그랬는데 다행이다. 가만. 여기서 이럴게 아니라…… 술 한잔할까? (두리번거리며) 집에 술 사둔 게 없는데…… 나가자. 한잔하면서 얘기하자. 나 옷

갈아입고 올게.

판식, 일어나려는데 명호가 잡는다.

차명호 나 많이 마셨어. 그냥 얘기나 좀 들어줘.
김판식 됐어 나가자고.
차명호 나 많이 마셨다고!

판식, 다시 자리에 앉는다.

김판식 그래. 말해봐. 무슨 일이야? 5일 동안 회사도 안가고 잠수 탄 이유가 뭐냐? 둘이 대판 싸웠냐?
차명호 판식아.
김판식 왜?
차명호 끝이야.
김판식 뭐가?
차명호 내 인생은 끝난 거나 다름없어.
김판식 뭔 소리야. 좀 알아들을 수 있게 말해봐.
차명호 나…… 사람을 죽였다.
김판식 뭐?

침묵.

김판식 장난하지 마.

차명호 진짜야.

김판식 누굴? 누굴 죽였는데?

차명호 니가 모르는 사람들이야.

김판식 사람들? 한 명이 아니야?

차명호 세 명.

어이없어서 잠시 멍한 판식.

김판식 잠깐만. 아니, 니가 왜? 어떻게 죽였는데?

차명호 총으로 쏴서.

김판식 총? 니가 총이 어디 있어?

차명호 구했어.

김판식 어디서?

차명호 내 고객한테 샀어.

김판식 고객? 중고차 고객?

차명호 응.

김판식 어떤 고객? 누군데?

차명호 있어. 러시아 사람인데 현금 대신 물건으로 주겠다고 해서 받았어.

김판식 얼마에?

차명호 8천 달러.

김판식 이 미친 새끼…… 총 보여줘 봐.

차명호 판식아. 너 내 친구 맞지?

김판식 맞아. 총 줘 봐.

차명호 우리 진짜 친구 맞지?

김판식 닥치고 총 꺼내보라고! 가방에 있어?

김판식, 명호의 가방을 열어 살펴본다.

김판식 없잖아. 총 어디 있어? 어?

차명호 없어.

김판식 너 장난칠래?

차명호 지금 없어.

김판식 지금 없다니?

차명호 숨겨뒀어.

김판식 명호야, 재미없다. 그만해라. 너 어디서 술 처먹고……

차명호 (버럭) 진짜라고!

침묵.

김판식 진짜라고?

차명호 그래. 총으로 빵! 빵! 빵! 다 쏴 죽였다고! 내가! 이 차명호가! 세 명을! 판식아, 우리 친구로 지낸 지 20년? 아니 30년도 넘었지? 내가 언제 이런 장난 친 적 있어? 날 봐. 지금의 내 모습을 보라고! 나 지금 진심이야. 지금 이게…… 장난 같이 보여? 응?

침묵.

김판식 아니.

차명호 그럼 이제 제발 좀…… 날 믿어줄래? 내가 널 믿는 것처럼?

김판식 그래. 믿어. 당연히 믿지.

차명호 나 5일 동안 그놈들을 죽이고 너한테 처음 온 거야. 넌 내가 가장 신뢰하는 하나뿐인 친구니까. 판식아, 넌 아니야?

김판식 물론 나도 그렇지. 그런데 니가 그 사람들, 그 세 명을 왜, 무슨 이유로 죽인 건지 설명을 좀 해봐.

차명호, 말없이 물 마신다.

김판식 설명해보라니까!

차명호 날 이렇게 만들었거든.

김판식 이렇게? 뭘 이렇게?

차명호 회복불능. 회생불가…… 돌이킬 수 없는 나락. 나를 이 지경에 이르게 만든 인간들.

김판식 니가 뭐가 어때서? 너 지금 잘 살고 있잖아. 빚이 많은 것도 아니고, 좋은 여자 만나서 결혼했고, 중고차 세일즈 하면서 잘 먹고 잘 살고 있잖아. 이 지경이라니? (번뜩) 혹시 너 누구 보증 서 줬어? 아니면 주식 다 날렸냐?

차명호 넌 몰라.

김판식 뭘?

차명호 아무리 30년을 내 친구로 지냈지만 아직도 넌 날 몰라.

김판식 명호야. 알았어. 그래 나 너 모른다. 그러니까 좀 자세히 말해보라고.

차명호 싫어.

김판식 뭐?

차명호 말하기 싫어.

김판식 왜?

차명호 널 못 믿겠어.

김판식 아까는 날 가장 신뢰한다며? 가장 믿는 친구라며? 이랬다저랬다 뭐 어쩌라고! 그럼 너 여기 왜 왔어? 도와달라고 온 거 아냐?

차명호 니가 날 도와줄 수 있을까? 이제 와서?

김판식 뭐가 어떻게 된 건지 알아야 도와주지. 말해보라고.

침묵.

차명호 그래, 그러자. 말할게. 다 말할게. 누구부터 말할까?

김판식 그냥…… 먼저 죽인 순서대로 말해봐.

차명호 내가 제일 처음 죽인 사람은…… 내 고등학교 선생님이야.

2장

노혜자가 등장한다.

노혜자의 집 앞, 골목. 외출복 차림의 노혜자가 두 사람 앞을 지나간다.

김판식 그 국사선생? 너 전학가게 만든……?

차명호 응. 맞아.

차명호, 노혜자에게 다가간다. 판식은 그 자리에서 그 모습을 계속 지켜본다.

차명호 안녕하세요.

노혜자 예…….

차명호 노혜자 선생님 맞으시죠?

노혜자 누구……?

차명호 저 기억 안 나세요? 공명 고등학교…….

노혜자 아, 저한테 배운 학생인가요? 내가 교편 놓은 지가 좀 되어서…….

차명호 제가 고2때 선생님께 배웠습니다. 84년에요.

노혜자 아이고, 그렇군요. 반가워요. 이 동네 살아요?

차명호 아니요. 선생님을 뵈러 일부러 찾아왔습니다.

노혜자 나를? 왜……?

차명호 갑자기 이렇게 불쑥 찾아와서 놀라셨을 텐데…… 제게는 정말 깊숙이 박혀있는 트라우마 같은 일이라서요.

노혜자 …….

차명호 그땐 제가 너무 어려서 그냥 당할 수밖에 없었고, 어떻게 대처해야하는지도 몰랐거든요. 전 지금도 잘못이 없다고 생각하는데 제가 왜 죄를 지은 것처럼 학교에서 쫓겨났어야 했는지 이제라도 선생님께 사과를 받고 싶어서 이렇게 찾아뵙게 되었습니다.

노혜자 (당황) 지금 무슨 소리를 하는 건지 모르겠네.

차명호 저 정말 기억 안 나세요? 그때 수업시간에 선생님이랑 이승만에 대해 논쟁하다가 버릇없다고 따귀 맞고 학생주임한테 구타당하고 결국 전학 갔잖아요. 저 그때 갈비뼈 나가고 병원에 입원도 했는데 기억을 못하신다고요?

노혜자 이봐요. 너무 오래된 일이라 기억도 안 나고 그런 일로 찾아온 거라면 난 할 얘기 없으니까 가세요.

차명호 사과하세요.

노혜자, 가려는데 명호가 팔을 붙잡는다.

차명호 (팔을 잡으며) 사과하시라구요.

노혜자 (팔을 뿌리치며 버럭) 놔! 기억도 안 나는데 뭘 사과하란 거야!

차명호 한 사람을 병신으로 만들어놓고 침묵했잖아요. 학교의

명예가 어쩌고저쩌고하면서 사실대로 말하지 않고 모두가 합세해서 쉬쉬하고 날 문제아로 만들었잖아요!

노혜자 니가 대들었잖아! 학생이 선생한테!

침묵.

차명호 기억하시네요. 기억 안 나신다면서요.

노혜자 학생주임한테 맞은 건 그 사람한테 가서 따져. 왜 여기 와서 행패야?

차명호 선생님이 학생주임한테 말했잖아요. 그래서 쉬는 시간에 학생주임이 달려와서 날 주먹으로 때리고 발로 밟았잖아요. 그런데 그게 끝이 아니었죠. 병문안은커녕 그때 목격했던 아이들까지 싹 다 입막음하고 엄마가 고소하겠다고 하니까 내가 이상한 놈이고 다 내가 잘못한 걸로 만들었잖아요!

노혜자 난 모르는 일이야. 이제 와서 몇 십 년이 지난 일을 왜 따지는 거야? 이제 와서 뭐 어쩌라고?

차명호 선생님이 그렇게 말씀하시면 안 되죠. 선생님, 국사선생님 아니세요? 몇십 년이 지나면 다 잊어요? 우리의 역사는요? 몇십 년이 지나면 다 잊어도 됩니까? 그렇게 가르치세요?

노혜자 말장난하지 마. 너 어디 와서 행패질이야? 넌 애미, 애비도 없어?

차명호 맞아요! 이거에요! 그때도 이렇게 말했어요. 그때도 나한테 애미, 애비도 없냐고 했고 제가 그랬죠. 네! 우리 아버지는 5 · 18때 광주에서 군인들이 쏜 총에 맞아 돌아가셨습니다. 전 애비 없습니다! 그랬더니 선생님이 다짜고짜 따귀를 때리셨죠. 자, 제가 도대체 뭘 잘못한 거죠? 애미, 애비 없냐고 물어서 애비가 없다고 사실대로 말한 게 따귀를 맞을 짓입니까?

노혜자 넌 내 가르침을 거부했어. 학생 주제에 니가 뭘 안다고.

차명호 잘못 가르치니까 그렇죠. 이승만이 건국의 아버지라면서 친일과 독재행위를 미화했잖아요.

노혜자 미화한 게 아니라 사실 그대로 가르쳐 준 거야! 이승만 대통령이 없었으면 이 나라는 공산주의 국가가 됐을 거라고. 혼란했던 시기에 이 나라를 바로 세우신 분이야. 그런 분의 업적을 왜 폄하하려 들어?

차명호 이 나라는 이승만이 혼자 세운 나라가 아니기 때문이죠! 건국업적의 공을 왜 한 사람에게 다 주는 겁니까?

노혜자 무법천지였던 이 땅에 기초이념과 제도를 정착시키고! 시장경제체제를 확립하고! 산업화와 민주화를 이룩하는 기반을 마련하고! 국민통합을 이끌어내며 국가의 기틀을 세운 분이야. 알아?

차명호 친일파와 타협했고! 이념을 내세워 수많은 양민들을 학살했고! 6·25때 국민을 버리고 대전, 대구를 오가며 가장 먼저 달아났으면서 북진을 하고 있다고 거짓방송을

했죠. 피난민들이 뻔히 다리를 건너고 있는 상황에서 인도교를 폭파시켜서 수백 명을 죽였고요.

노혜자 됐어. 가. 너 같은 빨갱이 새끼들이랑 할 말 없어.

노혜자, 가려하자 앞을 가로막는 명호.

차명호 (앞을 막고) 사과하세요.

노혜자 안 비켜?

차명호 잘못하셨으면 사과를 하셔야 할 거 아닙니까.

노혜자 잘못한 거 없으니까 비켜!

차명호 사과하세요!

노혜자 비키라고.

차명호 사과하세요!

노혜자 비켜!

차명호 왜 다들 잘못을 하고 사과를 안 하는 거야! 왜! 총으로 쏴 죽였으면 쏜 놈이 있고 시킨 놈이 있을 거 아냐! 왜 사과를 안 하냐고! 왜!

차명호를 노려보는 노혜자. 판식이 이 광경을 보고 있다가 끼어든다.

김판식 명호야.

차명호 왜?

김판식 말 끊어서 미안한데…….

차명호 뭔데?

김판식 너희 아버지가 광주에서 그렇게 돌아가신 건 정말 유감이야. 중학생 때라고 했지?

차명호 중1.

김판식 그래. 내 생각엔…… 네 아버지의 죽음에 대한 트라우마가 그 선생한테 옮겨간 거 같아. 책임지지 않는 사람들, 사과하지 않는 사람들에 대한 원망이 그 선생한테 전이된 거지.

차명호 그래?

김판식 응. 넌 그때도 모범생이었다며. 공부도 잘하고 대인관계도 원만하고. 그런데 역사에 대한 이야기, 특히 근현대사에 대한 이야기만 나오면 넌 다른 사람이 된 것처럼 흥분하고 돌변하잖아. 그 선생과도 그랬던 거지. 너의 깊숙이 내재되어 있는 상처가 잠재되어 있다가 비슷한 상황을 다시 겪으면서 분노로 표출되는 거지.

차명호 날카로운 분석이네. 고맙다.

김판식 아무튼 그랬더니 그 선생이 뭐라고 했는데?

노혜자, 명호에게 다시 말한다.

노혜자 너희 빨갱이들은 그게 문제야. 사실보다 자신들이 믿고 싶어 하는 것만 진실인양 앞세우지. 이상향을 이념적으로 설정해 놓고 그 방향으로 과거가 이루어졌어야 한다고 떼쓰면서, 자신들이 만든 프레임에 갇혀 과거를 분석하지. 봐. 넌 지금도 네 아버지에 대한 원망을 나한테 털어놓고 있잖아. 역겨운 놈들.

얼어붙은 채 멍하니 서 있는 차명호. 노혜자는 명호를 지나쳐 퇴장하려는데 명호가 불러 세운다.

차명호 선생님…… 잠깐만요.

멈춰서는 노혜자, 돌아서는데 명호가 안주머니에 손을 집어넣더니 무언가 꺼내는 시늉. 명호는 손가락으로 총 모양을 만들어 노혜자를 겨눈다. 그 손을 보고 흠칫 놀라는 노혜자.

노혜자 뭐야. 총?
차명호 역겨운 건 당신이야.
노혜자 그거 저리 안 치워?
차명호 그래서 지금…… 사과 못하겠다. 이거죠?
노혜자 미친 놈. (돌아서려는데)
차명호 움직이지 마! 죽고 싶어? 내가 못 쏠 거 같아?

노혜자, 차명호를 무섭게 노려본다.

차명호 마지막 기회에요. 사과하세요.

잠시 침묵.

노혜자 못 해. 아니, 안 해.

탕! 소리 들린다.

노혜자 스톱모션. 깜짝 놀라는 판식.

김판식 진짜 쐈다고? 그 집 앞에서?

차명호 응.

김판식 그래서?

차명호 쓰러졌지.

노혜자, 쓰러진다.

김판식 누구 본 사람은?

차명호 없었어. 외진 골목이라.

김판식 시체는?

차명호 그냥 두고 갔어.

김판식 뭐? 그냥 뒀다고?

차명호 응.

김판식 시체를?

차명호 응.

김판식 거기다 그냥?

차명호 응.

노혜자, 일어나 퇴장한다. 그 모습 바라보는 김판식.

김판식 총소리 듣고 사람들 나왔을 거 아냐.

차명호 안 나오던데?

김판식 너 제정신이야? 분명히 어딘가 CCTV에 찍혔을 거고…… 아니, 어떻게 지금까지 안 잡혔지?

차명호 내가 잡혔으면 좋겠어?

김판식 그런 뜻이 아니고…… 거기서 쏘는 건 아니지! 명호야, 너 잡히는 거 시간문제야. 그냥 자수하자.

자수하자는 말에 판식을 쳐다보는 명호.

김판식 자수하자고. 응?

피식 웃는 차명호.

김판식 웃어? 너 지금 웃음이 나와?

차명호 옛날 생각나서.

김판식 무슨 옛날 생각?

차명호 우리 대학 다닐 때.

김판식 갑자기 그때 얘긴 왜 해.

차명호 그때도 니가 자수하라고 했었잖아. 나한테.

김판식 그땐…… 그래. 그때도 그랬지. 정말 수십 번 사과했지만 또 사과할게. 미안하다. 난 달라. 잘못했으면 사과하는 놈이야.

차명호 너도 몰랐잖아. 오해 풀렸어.

김판식 미안해. 형사가 따라 붙은 줄 알았으면 너한테 안 갔을 거야.

침묵.

김판식 그런데 진짜 한번만 더 물어볼게.

차명호 뭘?

김판식 그때…… 진짜 내가 배신했다고 생각했어?

차명호 응.

김판식 정말? 진짜로?

차명호 응.

김판식 서운하네.

차명호 넌 총학도 탈퇴했잖아. 갑자기 우릴 피했고. 오해할 만 하지.

김판식 명호야. 내가 왜 그랬는지 이야기해줘?

차명호 해 봐.

김판식 6·10항쟁 때 기억나지?

차명호 그럼. 같이 있었잖아.

김판식 전경들이 쏜 최루탄이 나를 향해 날아오는데 누군가 소리치더라? "피해!" 우왕좌왕 쓰러지고 뭔가 펑하는데 정신 차리고 보니까…… 어떤 사람이 머리에 최루탄을 맞고 피를 철철 흘리는데…….

차명호 이한열…….

김판식 응. 이한열 열사! 순간…… 집에 있는 엄마랑 동생들 얼굴이 떠오르면서 눈물이 주룩 흐르는데…… 그리고 총학 그만둔 거야. 못하겠더라.

차명호 잘했어.

김판식 어?

차명호 잘했다고. 살아야지.

김판식 그때 끌려가서 많이 힘들었지?

차명호 아냐. 생각보단 심하진 않았어. 박종철 사건 터진 직후라 걔네도 조심하더라고. 죽을 것 같으면 살려주고 미칠 것 같으면 돌아오게 해주고.

침묵.

김판식 군대 갔다 와서 복학하고 영화동아리에서 다시 너 만났을 때…… 진짜 반갑더라. 그때 다시 너랑 만나서 오해가 풀렸잖아. 풀린 거 맞지?

차명호 다음 사람 얘기해도 돼?

김판식 응?

차명호 두 번째 죽인 사람.

김판식 어. 그래. 해봐.

차명호 그렇게 국사 선생을 총으로 쏜 다음 바로 차를 몰고 이천으로 갔어.

김판식 이천? 경기도 이천?

차명호 응. 거기에 그놈이 살고 있거든.

김판식 그놈?

3장

구동만이 박스를 들고 등장한다.

구동만이 운영하는 카페.

구동만, 박스에서 물품들을 꺼내며 정리하기 시작한다.

차명호 이천에서 카페를 차렸더라고.

김판식 그놈이 누군데?

차명호 내 군대 선임.

차명호, 문을 열고 들어가는 시늉하자 딸랑 소리 들린다.

구동만 어서 오세요.

차명호, 구동만을 한참 쳐다본다.

구동만 편하신 자리에 앉으시면 됩니다.

차명호, 말이 없다.

구동만 주문 도와드릴까요?

차명호 기억 못 하시네.

구동만 네?

차명호 저예요. 차명호.

구동만 누구신지…….

차명호 구 병장님! 군대에서 저 엄청 예뻐해 주셨잖아요. 어떻게 날 기억 못하시냐?

구동만 …….

차명호 저 차 일병이요. 전라도 고문관 새끼라면서 매일 챙겨주셨는데…… 아무튼 오랜만에 뵙는데 제대로 다시 한 번 인사드리겠습니다. (거수 경례) 충! 성!

구동만 차 일병…… 뭐, 어렴풋이 생각은 나는 것 같네요.

차명호 와, 다행이다. 기억 못하시면 어쩌나 걱정했어요. 하나하나 다 얘기하려면 한참 걸리니까요.

구동만 여긴 어떻게……?

차명호 (주위 둘러보며) 이야! 이렇게 카페도 차리시고 잘 사시네요. 이 양반 제대하면 뭐해 먹고 살려나 되게 궁금했는데. 참, 그런데 경상도 분이 왜 경상도로 안 가시고 경기도에 계세요? 경상도 완전 사랑하셨잖아요. 전라도 사람들 다 싸잡아 욕하면서.

구동만 뭐하는 겁니까? 남의 가게 와서 지금…… 예?

차명호 어색하게 왜 존댓말을 하고 그러세요? 원래대로 편하게 반말하세요. 안 어울리니까.

구동만 경찰 부르기 전에 나가요. 지금 시비 걸러 왔어요?

차명호 아니요. 저 복수하러 왔어요.

구동만 뭐? 복수?

차명호 구 병장님이 그때 저 물고 빨고 주물럭거리면서 성폭행 했잖아요. 기억…… 나시죠?

김판식, 끼어든다.

김판식 진짜? 성폭행 당했어?

차명호 응.

김판식 심하게?

차명호 심하게.

김판식 성추행이 아니고 성폭행?

차명호 그래, 성폭행.

김판식 너 성추행과 성폭행의 차이…… 정확히 아는 거 맞지?

차명호 성관계를 시도했느냐 안했느냐의 차이지. 성추행은 10년 이하의 징역 혹은 1500만 원 이하의 벌금. 성폭행은 최소 3년 이상 징역. 다 알아.

김판식 근데 성폭행이라고?

차명호 응.

김판식 (탄식) 하아, 그런데 왜 말 안했어?

차명호 누구한테? 너한테?

김판식 아니, 누구든.

차명호 그때 88년도였어. 너도 알잖아. 그런 분위기 아니었다는 거. 요즘처럼 페이스북도 없고, 인터넷도 없고. 특히 군대처럼 폐쇄적인 곳에서는 어림도 없는 일이지.

김판식 그렇지. 그렇긴 했지.

차명호 계속 해도 될까?

김판식 그래. 미안.

차명호 그런데 카운터 끝에 액자 하나가 딱 보이는 거야. 자세히 보니까 그 안에 가족사진이 있는 거지. 구동만의 가족사진.

차명호, 구동만의 가족사진을 발견하고 구동만에게 말한다.

차명호 어? 이거 뭐야? 구병장님 사모님이랑 따님인가 봐요? 와, 사모님, 미인이시네? 따님도 예쁘고 참…… 알콩달콩 행복하게 그동안 잘 사셨네? 남의 인생은 다 망쳐놓고.

구동만, 핸드폰 꺼내서 어디론가 전화하려고 한다.

차명호 따님이 알면 뭐라고 할까요? 아빠가 어떤 남자를 성폭행했다는 사실을 알게 되면.

멈칫하는 구동만.

차명호 (아이처럼) 우웩! 더러워. 이럴까요? 아니면…… 아빠! 아빠는 남자가 좋아? 이럴까요? 궁금해요? 궁금하면 경찰한테 전화하세요. 기자도 부르고, 가족도 부르고, 다 불러서 확인해봅시다.

핸드폰 내려놓는 구동만.

구동만 너 지금 협박하는 거야?

차명호 이런 걸 협박이라고 하면 협박이고, 아니라고 하면 아닌 거고, 당신이 나한테 한 짓을 성폭행이라고 하면 성폭행이고, 사랑해서 그랬다고 하면 사랑인 거고. 말이란 게 다 그렇지 뭐. 이렇게 보면 이렇고, 저렇게 보면 저렇고. 안 그래요?

구동만 원하는 게 뭐야?

차명호 말했잖아. 복수하러 왔다고.

구동만 미안해. 내가 잘못했다.

김판식, 끼어든다.

김판식 바로 사과했네?

차명호 그러더라.

구동만 그땐 정말 어렸잖아. 스물세 살? 네 살이었나? 철없이 살던 때라…… 누군가에게 큰 상처가 될 수 있다는 걸 미처 생각 못했어. 그런데 나도 그렇게 당했었고, 그땐 우리 부대 분위기가…… 아니야 다 변명이야. 미안해. 내가 정말 미안하다.

차명호 쉽네.

구동만 뭐?

차명호 사과가 너무 쉬워. 이렇게 바로 사과할 짓을, 그땐 참 왜 그랬을까? 내가 당신한테 이렇게 찾아왔으니 사과라도 받지. 죽을 때까지 못 만났으면 당신은 나한테 결국 사과 안 했을 거 아냐. 그치?

구동만 진심이야. 내가 잘못했어. 돈을 원해? 내가 큰돈은 없지만 보상차원에서 할 수 있는 만큼 보상할게. 차…… 차……. (이름이 생각 안 난다)

차명호 차명호.

구동만 그래, 차명호. 명호야. 부탁이야. 그러니까 아내와 딸한테는 제발…….

차명호 그렇게 아내랑 딸을 걱정하는 사람이! 자기 가족을 끔찍이 아끼는 사람이! 남의 가족은 왜 생각 못해? 어? 당신은 결혼도 하고 아이도 가졌네? 난 당신 때문에 평생 섹스도 못하게 됐는데!

김판식, 또 끼어든다.

김판식 뭐? 섹스를 못하다니?

차명호 …….

김판식 그게 무슨 소리야?

차명호 그래. 나 그래. 그렇게 됐어. 나 그놈한테 당한 이유로…… 안 돼.

김판식 (긴 한숨)

차명호 몰랐지? 내가 말한 적 없으니까. 아무리 친해도 그런 거까지 말하긴 좀 그렇잖아.

김판식 그래서 그랬구나.

차명호 뭘?

김판식 지숙이랑 잠자리 안 한다며. 난 니네 결혼한 지도 오래됐고, 어느 부부나 오래 지나면 잠자리 안 하는 경우 많으니까 그런가보다 했는데…… 그런 이유가 있었네.

차명호 관계를 가질 때만 되면 그때 당했던 기억이 나서 할 수가 없어. 난 거세당한 거나 마찬가지야.

김판식 병원 가봤어? 이건 심리적인 거잖아. 치료받으면 좋아질 수 있어.

차명호 이제 와서? 너무 늦었어.

구동만, 무릎을 꿇는다.

구동만 내가 이렇게 사죄할게. 정말 뭐라고 할 말이 없다. 내가 어떻게 너한테 용서를 받을 수 있을까.

차명호 내가 단지 광주 출신이란 이유로 당신은 날 괴롭혔고, 내 아버지가 5、18 때 돌아가셨단 사실을 알게 된 후, 내 아버지마저 모욕했어. 내가 당신과 다시 대면하게 될

이 순간을 얼마나 기다려왔는지 모를 거야. 이 순간을 위해! 당신을 20년 넘게 지켜봐왔어. 어디서 뭘 하는지 어떻게 살고 있는지 항상!

구동만 제발, 그만하자. 잘못했다고 이렇게 용서를 빌고 있잖아.

차명호 구 병장님, 사람이요. 잃을 게 많으면 약해진대요. 당신은 그때 정말 가진 게 없는 놈이었어. 인정해? 머리에 든 것도 없고, 미래도 없고, 사고 치고 군대로 내뺀 대구 출신 양아치에 불과했지. 그런데 20년이란 시간이 지나는 동안 내 기대와 다른 삶을 살게 되는 당신을 봤어. 뭐랄까? 점점 올바른 삶을 살게 되면서 뭔가 행복하게 많은 걸 누리게 되더란 말이야. 화가 나더라고. 그때 그 말이 생각났어. 그래, 차라리 잘됐다. 많이 가져라. 내가 다 잃게 해주마. 봐. 지금 이렇게 약한 척하고 있잖아. 그런데 난? 난 어떻게 됐을까? 당신과 반대로 난 많은 것을 잃게 됐어. 남성성을 상실했고, 내 미래, 내 꿈을 잃었어. 아내가 생겼지만 아이도 가질 수 없었어.

구동만 보상하겠다고. 치료비 내가 대주겠다고!

차명호 닥쳐! 돈이 필요했으면 진작 나타났겠지! 내가 원하는 건 돈 따위가 아니야. 내가 원하는 건 복수야. 당신이 나한테 한 행동에 대한 복수. 내가 20년이 지난 지금에서야 나타난 이유! 당신이 많은 걸 갖게 될 때까지 기다린 거야. 그래야 더 고통스럽고 더 괴로울 테니까.

구동만 그래서 뭘 어쩌겠다고? 죽이겠다는 거야 뭐야!

차명호 이거 봐. 불끈 불끈 본성이 삐져나오잖아. 사람은 쉽게 변하지 않아. 가진 게 많아졌을 뿐, 당신은 조금도 변하지 않았어.

차명호, 가방에서 출력한 종이를 꺼내어 내민다.

차명호 애국수호자. 당신 닉네임 맞지? 당신이 일간베스트에 올린 글 다 읽었어. 최근 몇 년 동안 수백 개의 글을 올렸잖아. 지역감정에 빠져서 호남을 싸잡아 비난하고, 5 · 18 희생자들을 홍어라고 희화화하고! 여자들을 비하하고! 정치적 색깔이 다르다는 이유로 빨갱이, 좌빨이라고 매도하면서! 참, 인터넷만 하는 게 아니지. 요즘 엄청 바쁘게 지내던데? 광화문이다 대학로다 태극기 들고 왔다갔다 아주 신나 보여. 즐겁냐? 응? 진정 그게 애국이라고 생각해?

무릎 꿇고 있던 구동만, 자리에서 일어난다. 무릎을 툭툭 털더니.

구동만 보자보자 하니까 도저히 못 참겠네. 그냥 잘못했다고 넙죽 사과할 때 받고 꺼지라니까 세월 좀 지났다고 내가 우습게 보여? (주먹 내밀며) 차 일병! 80km! 박아. 박아 이 새끼야—!

구동만, 차명호에게 다가오는데 차명호 안주머니에서 무언가 꺼내

더니 구동만의 왼쪽 다리를 향해 바로 쏜다.
탕! 왼쪽 정강이를 맞고 주저앉는 구동만.

구동만 악!

차명호의 손가락.
구동만, 왼쪽 정강이를 잡고 바닥에 뒹군다.

구동만 내 다리! 악, 내 다리!

차명호 너 군대에서 M16만 쏴 봤지? 난 권총도 쏴 봤다. 기억 나? 나 군수과였잖아. 탄약고랑 무기고 관리가 내 담당이었는데 기억 안 나지? 하긴 넌 내 엉덩이에만 관심 있었으니까. 넌 취사병이었잖아. 그때 그 부식창고에서 너한테 당할 때마다 무기고에 있는 권총이 어찌나 생각나던지.

구동만 뭐야. 그 총 뭐야…….

차명호 (손가락을 들고) 이거? 러시아제 토카레프란 권총이야. 한 손에 쏙 들어오지. 총알도 작고. 맞아보니 어때? 많이 아픈가? 그래, 니 말이 맞아. 그땐 우리가 어렸지. 겁도 많았고. 내 가슴이 너에 대한 분노와 증오로 들끓었지만 차마 널 쏠 수 없었어. 그럼 내 인생은 정말 끝이잖아. 그런데 지금은 달라졌지. 자, 다음은 어디를 쏴 줄까?

구동만 죄송해요. 잘못했어요.

차명호 뭐야. 방금 전까지 당당하던 패기는 어디로 사라졌나?

구동만　이러지 마세요. 제발! 잘못했어요. 나 정말 반성했어요. 나 태극기 집회 안 나갈게요! 일베? 다신 안 할게! 시키는 거 뭐든지 할게요! 그러니까 살려 주세요.

차명호　아니죠. 아니죠. 여기까지 왔는데 그냥 살려줄 순 없죠. 자, 퀴즈 갑시다! 퀴즈를 맞추면 살려줄게요. 어? 이 멘트 생각 안 나? 부식 창고에서! 오늘의 퀴즈! 정답을 맞추면 패스! 틀리면? 엉덩이를 깐다. 생각나지? 네가 했던 말이잖아.

구동만　(흐느끼며) 잘못했어요. 진짜 내가…… 젊은 시절에 방탕하게 살았어요. 그러다 뒤늦게 우리 와이프 만나서 개과천선해서 새사람이 됐다고. 이제 새로운 삶을 살아보겠다고 제가…… 그래, 저 교회도 다니고 봉사활동도 다녀요. 이웃들한테 물어봐요! 이제 겨우 카페 시작하고 늦둥이도 얻었는데 이렇게 죽을 순 없어요.

차명호　와, 교회를 다녀?

구동만　네. 정말이에요.

차명호　왜?

구동만　왜겠어요. 과거의 잘못을 반성하고 회개하는 거죠.

차명호　회개라! 그러니까 하느님이 뭐래? 응답해주셨나?

구동만　네, 응답해주셨어요.

차명호　용서해주신대?

구동만　그럴 걸요.

차명호　참 편해. 온갖 악행을 저질러도 죽기 직전에 회개하면

천국 가는 거야? 그럼, 나도 너 죽인 다음 교회 가서 회개해야겠다. 그러면 되겠네.

구동만 아닙니다! 아닙니다! 그건 아니에요!

차명호 자! 오늘의 퀴즈! 이 총에는 총알이 몇 발 들어있을까요?

구동만 살려주세요. 제발…….

차명호 몇 발 들어갈까 물었잖아. 질문에 답을 해야지 살려달라니 그게 무슨 개소리야.

차명호, 구동만의 오른쪽 어깨를 쏜다.

탕!

구동만 악!

오른쪽 어깨를 잡고 아파하는 구동만. 보고 있던 김판식이 끼어든다.

김판식 명호야. 그만…….

차명호 (아랑곳하지 않고 동만에게) 자! 다시 퀴즈! 이 총 안에 총알이 몇 발 들어있을까요?

구동만 몰라요…… 몰라요!

차명호 그럼 아무거나 찍어! 5, 4, 3…….

구동만 네 발! 네 발!

차명호 땡! 틀렸어.

차명호, 또 총을 쏜다.

탕! 이번엔 구동만의 오른쪽 발등이다.

구동만 악!

김판식, 외친다.

김판식 야, 그만하라니까. 안 들려?

여전히 못 들은 척, 동만을 향해 위협하는 차명호.

차명호 자, 정답을 맞추면 목숨은 살려준다. 진짜야. 총 몇 발이 남았을까요?

김판식 (버럭) 명호야! 그만하라고!

명호, 판식에게 총을 겨누며 외친다.

차명호 입 닥치고 있어 다음은 너니까!

침묵.

김판식 뭐?

차명호 너도 맞출래? 이 총 안에 몇 발 들었는지? 아니면 지숙이도 맞추라고 할까?

김판식 지, 지숙이라니?

차명호 나오라고 해.

김판식 너 지금 무슨 소리를 하는 거야.

차명호 지숙이 나오라고 하라고. 여기 있는 거 아니까.

멍하니 넋 나간 표정의 판식.

동만, 이 틈을 타 퇴장하려 하는데.

차명호 어디 가세요? (동만을 끌고 오며) 자, 구동만 씨, 구동만 씨! (머리에 손가락을 갖다 대고) 대답 안 해?

구동만 네. 네…….

차명호 꿇어!

구동만 네. 네!

차명호 마지막 기회야. 생각 같아선 머리, 어깨, 발, 무릎, 발! 한 스무 방씩 기관총으로 드르륵! 갈겨주고 싶은데 경찰 오기 전에 빨리 떠야 하니까 이 안에 들어있는 것만 쏘고 끝낼게요. 자, 이 총 안에 몇 발 남았을까!

손가락 총을 다시 동만에게 겨누는 명호. 흐느끼는 동만.

구동만 제발…….

차명호 5, 4, 3, 2, 1…….

구동만 두 발!

차명호 두 발?

구동만 예!

차명호 진짜 두 발?

구동만 아니에요?

차명호 와우, 대박.

구동만 (기대) 맞아요? 맞아요?!

차명호 땡!

탕 소리와 함께 머리를 총을 맞고 그대로 쓰러지는 구동만.

차명호 정답은 다섯 발. 토카레프는 총 9연발이야. 아까 국사선생한테 한 발 쏘고 너한테 3발 쐈으니까 총 다섯 발. 그런데 방금 또 한 방 쐈으니까 4발 남았네. 자, 이제 우리 판식이랑 대화 좀 해볼까?

박수를 탁 치는 차명호. 손가락 총 사라진다. 일어나서 퇴장하는 구동만.

차명호 판식아.

김판식 (멍하니) 어?

차명호 뭐해?

김판식 …….

차명호 지숙이 빨리 부르라니까.

김판식 네가 뭔가 오해하는 거 같은데…….

차명호 오해 같은 소리하고 있네.

차명호, 방 안을 향해 외친다.

차명호 지숙아! 이지숙! 나와. 여기 있는 거 다 아니까. 안 나와? 내가 찾는다. 빨리 나와!

이지숙, 방 안에서 나온다.

차명호 있으면서 왜 없는 척해? 놀랐지? 이쪽으로 와서 앉아.

이지숙 그냥 여기 있을게.

차명호 그래. 그럼.

김판식 명호야…….

차명호 잠깐만. 나 잠시 생각 좀 할게.

불편한 침묵이 흐른다. 꽤 길다. 갑자기 그 침묵을 깨고.

차명호 그래, 들어보자. 뭐?

김판식 이 시간에 같이 있는 게 분명히 잘못됐지. 맞아. 그런데 그렇게 깊은 사이는 아니야. 지숙이랑 나도 선후배 사이로 알고 지낸 지 오래됐잖아. 그래서 요즘 너랑 사이도 안 좋다고 해서 고민도 들어주면서 가끔 만나고 그랬던 거야.

침묵.

차명호 끝이야?

김판식 응.

침묵.

차명호 잤어?

김판식 뭐?

차명호 잤냐고.

두 사람, 조용하다.

차명호 고민을 몸으로 들어주나봐?

침묵.

차명호 둘이 사랑해? 아니면…… 그냥 욕망이야?

침묵.

차명호 지숙아, 네가 말해봐. 뭐냐?

이지숙 언제부터 알았어?

차명호 일주일 전.

이지숙 그래서 사라진 거야?

차명호 응. 생각할 시간이 필요해서.

이지숙 총으로 사람들 죽였다는 건 뭐야?

차명호 다 들었네? 문 뒤에 숨어서?

이지숙 뭐냐고.

차명호 어쩌다 내가 이렇게 됐을까 생각해보니까 그 사람들이 떠올랐어.

이지숙 그럼 진짜 죽였다는 거야?

차명호 응.

침묵.

김판식 (주춤거리며 일어서며) 저기, 내가 자리를 좀 피해줄 테니까 둘이 먼저…….

차명호 그냥 있어. 총 맞아 뒤지고 싶지 않으면.

김판식 그래.

다시 자리에 앉는 김판식.

이지숙 이제 어쩔 건데?

차명호 우선 내 얘기가 안 끝나서. 내 얘기를 먼저 좀 더 들어줬으면 좋겠어. 너도 같이. 그 다음에 너희 둘 얘기를 들어볼게. 내가 세 명 죽였다고 했잖아. 첫 번째는 국사선생, 두 번째는 구 병장, 그리고 세 번째는 누군지 알아?

이지숙 누군데?

차명호 니 선배.

이지숙 내 선배, 누구?

차명호 영화평론가.

이지숙 미화 언니?

차명호 응.

이지숙 죽였다고?

차명호 응. 아까 낮에. 그리고 바로 여기로 온 거야.

이지숙 왜? 미화 언니가 당신한테 뭘 잘못했는데?

차명호 그거 얘기해주려고 너 부른 거야. 궁금해 할 것 같아서. 나와서 잘 들으라고. 그 사람 학교로 찾아 갔었어. 잠깐 나올 수 있냐고. 건물 앞에서 기다렸지. 전화 끊고 보니까 앞에 호수가 있더라. 호숫가에 반사된 빛이 반짝거리면서 거위들이 날갯짓을 푸드득 하는데…… 예쁘더라. 위를 올려다 봤어. 하늘은 파랗고! 구름은 뭉게뭉게…… 날씨 참 좋다. 그리고 이런 생각이 들더라고. 이런 날 캠퍼스에서 누군가에게 총을 쏘는 게 참 흔한 일은 아니겠구나.

차명호, 지그시 눈을 감고 생각에 잠긴다.

4장

심미화가 등장한다. 대학교 내 벤치. 눈을 감고 있는 차명호에게 말을 건넨다.

심미화 혹시 전화하신…….

차명호 예, 안녕하세요. 저 맞습니다.

심미화 누구신지 모르겠는데…….

차명호 그러실 거예요. 직접 인사드린 적은 없어서. 제 결혼식 때는 오신 걸로 아는데.

심미화 네?

차명호 저는 지숙이 남편 되는 사람입니다.

심미화 지숙이?

차명호 네, 이지숙. 지숙이랑 같은 과, 선배시라고…….

심미화 (생각난 듯) 아, 지숙이! 알죠. 남편분이시구나. 지숙이 잘 지내나요? 연락한 지 오래됐네.

차명호 네. 아직 이혼은 안했으니까요. 뭐.

심미화 네?

차명호 아닙니다.

심미화 지숙이 요즘도 시나리오 써요?

차명호 아니요. 애들 가르치고 있어요.

심미화 그렇구나. 예전에 잘 썼는데.

차명호　그러게요. 이젠 안 쓰더라고요.

심미화　그런데 무슨 일로 여기까지……?

차명호　혹시 괜찮으시면 커피라도 한잔…….

심미화　음, 제가 10분 뒤에 또 수업이 있어서 지금은 좀 힘들고요.

차명호　그러시군요. 그럼 여기서 말씀드리죠. 뭐. 10분이면 충분할 것 같습니다.

심미화　그래요.

차명호　그냥 좀 궁금한 게 있어서요.

심미화　뭐죠?

차명호　제가 예전에 영화 제작도 하고 감독도 했었는데요. 그때 선생님이 비평을 써주셨거든요. 기억하시나요?

심미화　아, 제목이 뭐였죠?

차명호　5월의 편지.

심미화　5월의 편지…… 아, 5·18 얘기?

차명호　네, 옥중 단식 끝에 사망한 총학생회장 이야기였죠. 실화를 바탕으로 극화한 내용이었는데…….

심미화　네. 그랬던 거 같네요.

차명호　그때 평 써주신 거, 필름24에도 실렸잖아요.

심미화　그게 몇 년도죠? 하도 오래전 일이라.

차명호　2004년이요.

심미화　아이고, 15년도 더 됐네.

차명호　뭐라고 쓰셨는지 내용도 기억하세요?

심미화 (난처한 듯) 어쩌죠? 솔직히 내용까진 기억 안 나요. 제가 여기저기 비평을 좀 많이 쓰는 편이라…… 15년 전이면 어휴…….

차명호의 인상이 굳어진다. 심미화가 표정을 읽고 미안한 듯.

심미화 성함이 어떻게 되셨죠?

차명호 차명호라고 합니다.

심미화 차 감독님 영화를 그 뒤로 제가 본 게 또 없었나? 연출하신 거 뭐 있죠? 제목이?

차명호 없습니다. 그 후로 영화 접었습니다.

심미화 아…… 그러셨구나. 그럼 요즘은 다른 일을……?

차명호 네. 중고차 판매하고 있습니다. 영업.

심미화 네에…….

침묵.

심미화 그런데 그 비평이 왜요?

차명호 왜 그렇게 혹평을 하셨나 해서요. 뭘 아신다고.

심미화 네?

차명호 비평이란 게, 당연히 보는 사람에 따라 다를 수 있긴 하지만 그때 선생님이 쓰신 글은 지극히 편협한 의도를 갖고 쓴…….

심미화 이것보세요.

차명호 네. 말씀하세요.

심미화 지금 너무 무례한 거 아닌가요? 난데없이 찾아와서 15년 전에 쓴 비평을 다짜고짜…… 기가 막혀서 말도 안 나오네.

차명호 저는 선생님의 비평 하나로 꿈을 접었습니다.

심미화 나는 뭐라고 쓴 건지 기억도 안 나요.

차명호 기억도 못 할 비평을 그렇게 함부로 쓰시면 안 되죠.

심미화 함부로 쓰다니요! 지금…… 아니, 됐고요. 너무 불쾌해서 더 이상 얘기하고 싶지 않네요.

심미화, 퇴장하려는데 명호가 말한다.

차명호 영화, 끝까지 보지도 않으셨죠?

심미화 네?

차명호 끝까지 보셨어요?

심미화 영화를 다 보지도 않고 비평을 쓰는 평론가가 어디 있어요!

차명호 그럼 제 생각을 반박해보십시오. 선생님, 논쟁 좋아하시잖아요.

심미화 내가 왜 여기서 그쪽이랑 논쟁을 해야 하냐고요.

차명호 좀 들어주세요! 왜 다들 제대로 듣지도 않고 자기주장만! 자기 생각만 일방적으로 말하는 거야? 왜!

침묵.

심미화 그래요. 들어봅시다.

차명호, 주머니에서 잡지를 꺼내 든다. 표지에 필름24라고 쓰여 있다. 포스트잇으로 표시되어 있는 부분을 펼쳐 읽는다.

차명호 이게 그때 필름24에 게재된 선생님의 글입니다. 기억 안 나신다고 하셨으니 선생님이 뭐라고 썼는지 잘 들어보십시오. 리얼리즘과 판타지의 경계를 망각한 괴작! 비평 제목입니다. "차명호 감독이 직접 쓰고 연출 및 제작까지 한 저예산 독립영화 〈5월의 편지〉는 1980년 광주에서 실제로 벌어진 5·18 민주화운동을 배경으로 제작되었다. 그 때문에 〈5월의 편지〉는 현실의 지명과 역사, 인물들의 정보가 어느 정도 반영되어 있는 로우 판타지에 해당한다. 그러나 옥중에서 편지를 주고받으며 억압과 핍박의 스토리를 구축해가던 인물들은 현실세계의 균형감각을 놓쳐버린다. 감옥의 안과 밖이라는 경계를 사이에 두고 편지를 주고받던 두 남자의 친밀한 우정은 애매한 동성애적 관계를 무리하게 제시하며 스토리의 본질을 망각하고 중심 뼈대를 흐트러뜨린다. 그 과정에서 두 인물은 문학적으로 구축한 도피적 상상의 세계에 기거하며 판타지로 현실을 대체해 버린다. 그리고 마지막에 이르러서야 초반의 의도를 다시 복기하려는 듯 뻔한 시퀀스를 남발하며 급히 마무리를 짓는다. 경계 위에서 길을 잃고 헤매다 끝나버린 엉성한 괴작이 아닐 수 없다."

심미화 뭐가 문제라는 거죠?

차명호 잠시만요. 제가 반박해드릴게요. 그 전에 이 말씀을 꼭 드리고 싶습니다. 당시 제 감정에 대해서. 15년 전, 이 글을 읽고 저는…… 어이가 없어서 며칠 동안 혼자 울다가 웃다가…… 얼마나 괴로워했는지 선생님은 모를 겁니다. 38세의 나이에 제 인생을 걸고 만들었던 첫 번째 영화가 이렇게 괴작이라는 혹평을 받았는데, 그게 영화판에서 가장 유명한 필름24에 실렸는데! 어느 누가 나한테 투자를 할 것이며, 어떤 기회를 줄 수 있겠습니까? 전 선생님의 이 지극히 사소한! 개인적인! 이 비평 하나로 영화 인생이 끝났단 말입니다! 왜 창작자의 입장은 전혀 고려하지 않고 작품 위에 군림하듯, 신이라도 된 것 마냥! 모두에게 자신의 생각을 강요하십니까. 모두가 다 당신 생각과 같을 거라고 장담할 수 있어요? 네?

심미화 비평이 뭔지 아세요?

차명호 네?

심미화 비평이란 비평가의 개인적 취향에 의거하거나 혹은 일련의 선택된 미학적 개념에 의거하거나! 예술작품에 관해 의식적으로 평가하고 감상하는 걸 말하죠. 내 의식이 그렇게 봤다는 거예요. 내가 정답이라고 말한 적 없고,

그렇게 생각하지도 않고! 그쪽의 영화를 내 의식대로 해석한 것처럼, 누군가 내 비평을 읽고 자신의 의식대로 해석하면 그만인 거예요.

차명호 맞아요! 바로 그 의식이 잘못됐단 겁니다. 당신은 내 영화를 평가한 것이 아니라 내 의식을 평가한 거죠. 5·18을 바라보는 내 의식을!

차명호, 가방에서 신문을 꺼내어 내민다.

차명호 2009년 5월 18일자 고려일보에 실린 칼럼입니다.

미동 없는 심미화. 차명호, 신문을 펼쳐 읽는다.

차명호 "인민의 위대한 봉기를 거부하며. 심미화. 수십 년이 지난 지금도 여전하다. 시위대는 항상 민주화를 부르짖는다. 그 행위가 방패가 되고 정당화가 되는 것을 더 이상 두고만 볼 수 없다. 북한에서는 5·18을 인민의 위대한 봉기라고 칭송하며 기념하고 있다. 어찌 우리의 적인 북한과 뜻을 같이하여 5·18을……" 판식아 네가 읽어.

차명호, 차마 읽지 못하고 목이 멘 듯 멈춘다. 앉아있던 김판식, 다가와 명호가 든 신문을 읽기 시작한다.

김판식 (신문을 보며) "어찌 우리의 적인 북한과 뜻을 같이하여 5·18을 성스러운 민주항쟁이라고 할 수 있는가. 진정으로 국가의 미래와 민주화를 위한 행동이었다면 무저항 비폭력으로 모두 죽었어야 했다. 만약 그랬다면 모두가 한 목소리로 성스러운 그날을 기념했을 것이다. 위대한 항쟁의 역사를. 그러나 폭도들은 무기고를 탈취하여 정부의 계엄군에게 총기를 난사했다. 총으로 무장한 시민은 더 이상 시민이 아니다. 쏘지 않으면 내가 죽는 상황에서 계엄군은 대응해야만 했고 피가 피를 부르는 참극이 발생한 것이다."

차명호, 심미화를 바라본다. 침묵이 흐른다.

차명호 (자르며) 우연히 신문을 읽다가 당신이 쓴 이 칼럼을 보고 그제야 깨달았어. 당신이 내 영화를 보고 왜 그렇게 혹평을 했는지 5년 만에 알게 된 거야! 당신은 내 영화를 끝까지 보지도 않고 5·18에 대한 의식이 다르다는 이유로 그렇게 쓴 거지!

심미화 그러게 왜 그런 영화를 만들어!

차명호 뭐?

심미화 5·18은 폭동이야! 당시 좌익무리들과 박정희의 반대세력들이 10·26 사태로 자신들의 세상이 왔다고 환호하다가 갑자기 등장한 신군부에 반발한 소요사태라고! 그들은 운동권 학생들과 죄 없는 시민들을 선동하고 끌어들여 최규하 정권과 신군부 타도 및 반미를 외치며 적화통일을 전략적으로 도모했어. 아무리 민주란 단어를 팔아도 국가와 정부군을 향해 발포하는 무리들을 어찌 정당하다고 할 것이며 비록 그들 수백 명이 죽었다하더라도 국가유공자로 대우해선 안 되는 거라고!

차명호 무고하게 희생당한 수백 명의 아픔을 당신이 알아? 그 유가족들의 마음을 당신이 조금이라도 느껴본 적 있냐고!

심미화 내 아버지가 계엄군이셨어!

침묵.

심미화 폭도들의 총에 맞고 돌아가셨지. (자신의 가슴과 머리를 가리키며) 여기랑 여기. 두 방을 맞으셨어. 유가족? 느껴본 적 있냐고? 혹시 이 세상에서 자신이 가장 불행하다고 생각해? 그거 오만이야. 제대로 알지도 못하면서 자기만 생각하면 안 되지.

심미화의 핸드폰 진동 울린다. 멍하니 서 있는 차명호. 핸드폰 받는 심미화.

심미화 그래. 지금 들어갈게.

심미화, 돌아서서 걸어가는데.

차명호 그래서…….

멈춰서는 심미화.

차명호 영화 끝까지 봤냐고요.
심미화 그게 중요해?

안주머니에서 손가락 총을 꺼내어 심미화를 향해 겨누는 차명호.

심미화 뭐야.
차명호 봤어요? 안 봤어요?
심미화 봤으면 살려주고 안 봤으면 죽이게?
차명호 네. (사이) 마지막으로 물어볼게요. 내 영화, 끝까지 봤어요? 안 봤어요?
심미화 볼 필요도 없지.

심미화 돌아서려는데 탕! 쓰러지는 심미화.

차명호 예의가 아니잖아. 끝까지 보지도 않고 평을 하는 건.

5장

다시 김판식의 집. 불편한 세 사람의 대화가 이어진다.

이지숙 거기서 총을 쐈다고?

차명호 응.

이지숙 대학교 교정 안에서?

차명호 응.

김판식 사람들이 다 봤을 거 아냐.

차명호 봤겠지.

이지숙 그런데 그냥 보내줘?

차명호 몰라 그냥 보내줬어!

심미화, 벌떡 일어나 퇴장한다. 그 모습 바라보는 세 사람.

이지숙 CCTV 다 찍혔을 거 아냐.

차명호 찍혔겠지.

김판식 아니, 근데 왜 안 잡혀? 아니, 내 말은 그게 아니라…….

차명호 판식아. 난 안 잡혀.

김판식 왜?

차명호 잡히기 전에 죽을 거니까.

김판식 자살한다고?

차명호 응. 너희 둘, 먼저 죽인 다음에.

김판식 명호야. 이러지 말자.

이지숙 그래, 차라리 죽여.

김판식 뭐? 지숙아 너 왜 그래?

이지숙 그냥 다 끝내자. 지긋지긋하다. 이렇게 사는 것도.

김판식 명호야, 지숙이 말 듣지 마. 야, 이지숙. 지금은 명호를 자극시키지 말고…….

이지숙 선배는 빠져. 우리 둘 문제야.

김판식 그래. 알았어.

자리에 앉는 판식. 침묵.

차명호 날 사랑하긴 했어?

이지숙 사랑했었지.

차명호 지금은 아니다?

이지숙 지쳤어.

차명호 뭐가?

이지숙 당신의 아내로 사는 거. 당신과 한 집에서 얼굴 보며 사는 거. 당신과 한 이불 덮고 자는 거. 당신과 한 식탁에서 밥 먹는 거. 당신과 TV 앞에 멍하니 앉아 있는 거. 당신을 위해 장을 보고 저녁을 준비하는 거. 연락도 안 되는 당신이 올 때까지 기다리는 거. 당신과 눈을 마주치며 더 이상 웃지 않는 거. 당신과 함께 미래를 더 이상 이야기하지 않는 거.

침묵.

이지숙 모두 다.

침묵.

차명호 이게 다 내 탓이라고 생각해?
이지숙 난 노력했어.
차명호 난 노력 안 한 거 같아?
이지숙 이런 이야기도 이젠 지친다. 죽일 거야? 빨리 쏴. 끝내자.
김판식 야, 지숙아.
이지숙 빨리 쏘라고. 총 어디 있어? 응? 총 가져와.

지숙, 명호의 가방을 뒤지고 몸을 뒤져 총을 찾는다. 멍하니 서 있는 차명호.

이지숙 죽일 거라며? 왜 안 죽여? 빨리 죽여. 죽이라고!
김판식 그만해. 지숙아.
이지숙 (뿌리치며) 놔. 야, 차명호. 좀 솔직해져봐. 네가 정말 노력했어? 아니, 넌 노력하지 않았어. 넌 날 사랑하지 않아. 날 사랑한다면 그렇게 행동할 수 없어. 난 도대체 누구랑 사는 거니? 내가 언제까지 영혼 없는 껍데기만 끌어안고 살아야 돼? 내가 너한테 물어볼게. 날 사랑하긴 했어?

침묵.

이지숙 우리 이혼하자. 그래, 나 당신과 그만 살고 싶어. 당신의 그 5·18 트라우마! 더 이상 못 견디겠어.

이지숙, 나가려는데 명호 외친다.

차명호 내 탓이 아니야! 어쩔 수 없었어. 난 운명의 소용돌이 속에서 항상 휩쓸려 왔어. 더럽게 재수 없고! 더럽게 불행한 삶을 강요받으며 살아온 것뿐이라고!

이지숙 남 탓하지 마! 이건 당신의 인생이야. 당신의 인생은 당신 스스로 선택하는 거야. 누구도 당신에게 선택을 강요하지 않아. 5·18때 아버지가 돌아가셔서? 국사선생님 때문에 폭행을 당하고 전학을 가서? 군대에서 만난 놈 때문에? 미화선배가 당신 영화를 보고 혹평을 써서? 더 심한 일을 겪고도 포기하지 않는 사람 많아! 죽을 고비를 넘기면서 결국 이겨내고 극복하는 사람들. 왜 당신은 그들처럼 못 해?

침묵.

차명호 그들도 자신의 아내가 친구랑 바람을 피웠을까?

이지숙 (어이없다는 듯) 진짜 찌질하다. 그래. 이렇게 된 이상, 다 말할게. 나 판식 선배 사랑해.

김판식 야, 이지숙!

이지숙 선배는 당신보다 따뜻하고 다정해. 선배와 있으면 즐겁고 아, 그래 나를 이렇게 바라봐주는 사람이 있었지! 새삼 느끼게 돼. 이런 감정 얼마만인지 모르겠어.

차명호 그렇겠지. 나 같이 중고차나 파는 놈보다 잘나가는 건설업체 부장이 훨씬 돈도 잘 버니까. 너 돈 좋아하잖아. 그 돈이면 없던 감정도 생겨나겠지.

이지숙 돈 때문에? 아닌데? 진실이 뭔지 말해줘?

김판식 그만해. 이건 아닌 거 같아.

이지숙 뭐가 아니야? 상관없어. 이제 와서 더 이상 숨길 것도 없어. 나 이 사람이랑 이혼할 거니까.

차명호 이혼 쉽네. 모든 게 쉬워.

이지숙 나 고민 많이 했어.

차명호 말해봐. 진실이 뭔데?

이지숙 학교 다닐 때 판식 선배랑…….

김판식 이지숙!

이지숙 잤어.

김판식 (괴로운 듯) 아.

침묵.

차명호 나랑 사귈 때?

이지숙 사귀기 전에. 선배를 좋아했어. 내가.

차명호 그럼…… 왜 나랑 결혼했어?

이지숙 선배가 다른 여자랑 결혼해서.

차명호 뭐?

김판식 미치겠다.

이지숙 선배 때문에 힘들어할 때 당신이 옆에 있어줬잖아. 그땐 당신의 진심이 느껴졌어. 우울해보이면서 항상 생각에 잠겨 있는 당신을 보면서 내가 웃게 만들어주고 싶었어. 내가 할 수 있을 거라고 생각했는데.

차명호, 이지숙을 껴안는다.

차명호 그러지 말지. 저놈 얼마 못가서 이혼했는데 그냥 기다리지 그랬어.

이지숙 그러게. 그럴 걸. 그땐 몰랐지.

차명호 판식아. 나도 그랬어야 했는데. 네가 나 배신했을 때 너랑 관계를 끝냈어야 했는데. 그때 경찰이 미행한 거 아니잖아. 네가 나 잡아주러 온 거잖아. 그렇지? 아니야? 아니라고 말해 제발.

말이 없는 김판식.

차명호 이 개새끼야!

차명호, 판식의 멱살을 움켜쥐고 주먹을 치켜들고 잠시 멈춰있다 내려놓는다.

김판식 …….

차명호 한번 배신한 놈은 또 배신하는구나. 내 잘못이다. 너 같은 놈을 친구로 둔 내 잘못이야. 정말 다 후회된다. 모든 게. 지숙이 널 좋아하지 말걸. 아니, 복학해서 영화동아리에 나가지 말걸. 그랬으면 만날 일 없었을 텐데. 아! 투쟁을 하지 말걸. 이 나라가 민주화가 되든 말든. 아예 너희랑 같은 대학을 가지 말걸! 그래! 국사 선생이 이승만에 대해 뭐라고 하던 신경 쓰지 말고 조용히 입 다물고 다니다 졸업할걸! 아니야! 어렸을 때 광주에서 살지 말걸 그랬어! 그래! 우리 아버지 자식으로 태어나지 말았어야 해! 아버지, 아버지 죄송합니다!

침묵.

이지숙 후회 다 했어? 난 집에 가서 짐 챙겨서 나갈게. 이혼 서류 보내줄 테니까 나중에 통화해. 혹시 소송하고 싶으면

해. 상관없어. 난 이길 자신 있으니까.

이지숙, 퇴장하려는데 명호가 품에서 총을 꺼낸다. 손가락 총이다. 지숙을 향해 손가락 총을 겨눈다.

차명호 지숙아.

이지숙 (뒤돌아보며) 또 뭐? 할 말 있으면…….

이지숙, 뒤돌아보다가 손가락으로 자신을 겨누고 있는 명호를 본다.

이지숙 뭐하는 거야?

어리둥절한 지숙과 판식.

김판식 명호야.

차명호 내 이름 부르지 마. 이 쓰레기 새끼야. 너도 죽여줄 테니까.

이지숙 장난해?

차명호 러시아제 토카레프란 권총이야. 한 손에 쏙 들어오지. 너무 작아서 장난감 총처럼 보일 수 있어. 하지만 맞아보면 생각이 달라질 거야. 자, 이 총 안에는 4발의 총알이 남아있어. (손가락으로 지숙과 판식을 번갈아 가리키며) 너희 둘,

그리고 나. 한 발씩 쏘면 한 발이 또 남지. 그 한 발은 누구한테 쏘면 좋을까?

김판식 너 왜 그래.

이지숙 완전히 미쳤구나?

차명호 돌아가자. 우리 모두 존재하지도 않았던 것처럼. 그렇게 죽어서 사라져버리자.

이지숙 그러시든가.

이지숙, 돌아서는데 탕! 깜짝 놀라는 김판식. 이지숙, 쓰러진다.

김판식 뭐야, 뭐야…….

이지숙, 쓰러져서 숨을 헐떡인다. 가까이 다가가 바라보는 차명호.

차명호 고통을 이제 끝내자.

손가락 총을 장전한다. 철컥! 탕! 탕! 탕! 탕! 탕! 다섯 발을 쏜다.

김판식 아니, 어떻게…….

탕! 김판식, 머리에 총을 맞고 쓰러져 죽는다.

차명호 한 발이면 충분해. 총알도 아까워. 너 같은 새끼는.

차명호, 퇴장하려다 멈춰서 뒤를 돌아보고 말한다.

차명호 정말 불편하다. 모든 게 다.

퇴장한다. 지숙과 판식의 시체를 남겨두고.

암전.

6장

어둠 속에서 들리는 명호의 목소리.

"돌아가자. 우리 모두 존재하지도 않았던 것처럼. 그렇게 죽어서 사라져버리자."

무대 밝아지면 손가락 내밀고 있는 명호의 모습. 조금 전 그 순간이다.

이지숙 그러시든가.

이지숙, 돌아서는데 탕! 하고 외치는 차명호. 이지숙과 김판식, 이 상황이 이해가 잘 되지 않는다. 차명호, 이지숙에게 다가온다.

차명호 이제 고통을 끝내자. 탕! 탕! 탕! 탕! 탕!

김판식 명호야.

차명호, 판식을 향해 손가락을 가리키고 외친다.

차명호 탕! 한 발이면 충분해. 총알도 아까워. 너 같은 새끼는.

이지숙과 김판식, 멍하니 차명호를 바라볼 뿐이다.

차명호, 자리에 앉는다.

김판식 그럼 지금까지 죽였다는 세 명 모두…… 총은 없었던 거야?

차명호 정말 불편하다. 모든 게 다.

차명호, 말없이 일어나 퇴장한다.

이지숙과 김판식, 차명호를 쳐다본다.

암전.

에필로그

어둠 속 어딘가. 명호가 홀로 서 있고, 모두 나와서 명호를 둘러싸고 있다. 모두를 향해 손가락 총을 쏘아댄다. 탕! 탕! 탕! 탕! 탕! 명호는 손가락 총을 버리는 시늉을 하더니 양손으로 기관총을 잡는 시늉을 한다. 드르르르륵! 드르르르륵! 기관총 소리가 이어진다.

차명호 모두 죽지 않는다. 다만 사라질 뿐.

노혜자, 김판식, 심미화, 구동만, 이지숙 등장하여 명호의 주위를 스친다.
차명호, 그들을 바라보다가 기관총을 들고 한 명씩 난사하기 시작한다.
차명호, 김판식을 쏜다. 김판식, 퇴장한다.
차명호, 심미화를 쏜다. 심미화, 퇴장한다.
차명호, 구동만을 쏜다. 구동만, 퇴장한다.
차명호, 노혜자를 쏜다. 노혜자, 퇴장한다.
차명호, 이지숙을 쏜다. 이지숙, 퇴장한다.
모두 사라지고 홀로 남은 명호.

차명호 이 기관총엔 총알이 가득하다. 이 기관총은 100연발, 아니 1,000연발, 아니 10억 연발 특수기관총이다. 그놈이

여전히 존재한다. 내 아버지를 죽게 만든 그놈. 잘못했으나 사과하지 않고 여전히 살아 숨 쉬고 있는 역사의 죄인. 셀 수 없이 많은 이들을 불편하게 만든 그놈! 사정거리 안에만 들어오면 된다. 이 10억 연발 기관총으로 그놈을 쏠 것이다. 당장 그놈을 찾아가야겠다."

어디론가 떠나는 명호.

막 내린다.

한국 희곡 명작선 39

불편한 너와의 사정거리

초판 1쇄 인쇄일 2021년 1월 10일
초판 1쇄 발행일 2021년 1월 20일

지 은 이 정범철
만 든 이 이정옥
만 든 곳 평민사
서울시 은평구 수색로 340 〈202호〉
전화 : 02) 375-8571
팩스 : 02) 375-8573
http://blog.naver.com/pyung1976
이메일 pyung1976@naver.com
등록번호 25100-2015-000102호
ISBN 978-89-7115-737-4 03800
978-89-7115-663-6 (set)
정 가 6,000원

· 이 책은 사단법인 한국극작가협회와 아름다운 분들의 희망펀딩을 통해 출간되었습니다.